Où sont passés les biscuits?

Maria S. Barbo

Illustrations de Duendes del Sur

Texte français de Marie-Carole Daigle

Je peux lire! – Niveau 1

ISBN 0-439-96216-1
Titre original : The Christmas Cookie Case

Conception graphique de Maria Stasavage

Édition publiée par les Éditions Scholastic, 175 Hillmount Road, Markham (Ontario) L6C 1Z7

5 4 3 2 1 Imprimé au Canada 04 05 06 07

Éditions
SCHOLASTIC

C'est la semaine avant Noël.

La nuit de Noël arrive à grands pas.

 et ses amis sont au 

.

Ils doivent aider le à se préparer!

PÔLE
NORD

 et  aident  à faire

les  .

 met des et de petites 

sur ses  .

met des  sur ses  .

 fait une énorme  .

Ils ont très hâte de goûter aux

 !

Mais les  sont encore trop chauds.

 place les  sur le bord de la 

pour les faire refroidir.

Ensuite, va aider les lutins

à fabriquer les .

 et ont faim.

Qu'est-ce qu'ils pourraient bien

manger?

Ils mangent de la , des ,

des et des !

Puis  voit le  du .

Il enfile le .

— Regarde, , dit . Je suis

le  ! Oh! oh! oh!

Scooby enfile la  et les  du .

— R'e r'uis le  ! dit . R'oh! r'oh!

r'oh!

 et  rient.

Leurs ventres se secouent comme

des bols remplis de gélatine.

— Tu es vraiment drôle, ! dit .

Mais je prendrais bien quelques .

 et vont à la .

Les ont disparu!

— R'ouf! R'ouf! dit .

— Les ont peut-être été volés

par un monstre des neiges, dit .

— Au r'ecours! crie .

— Cachons-nous! crie .

 et  se précipitent dehors.

 fonce sur l'escabeau de .

 se cache dans la neige.

 est en train d'installer des

lumières dans les  .

 a-t-il mangé les  ?

— Les  ! Les  ! crient  et .

Il faut retrouver les  !

 et vont voir .

est en train de fabriquer des .

pose une  sur un .

a-t-elle pris les  ?

— Les  ! Les  ! crient 

et . Il faut retrouver les  !

 et  cherchent .

 est en train de chanter avec

la mère Noël :

— *Elles chantent vers le ciel,*

les  *de la nuit!* 

 a-t-elle caché les  ?

SAMMY
DAPHNÉ
VÉRA
FRED

 et ne comprennent plus rien.

 et  n’ont pas mangé

les  .

Alors, c’est vraiment un  qui

a pris les  !

 et ont peur.

— Au r’ecours! crie .

— Cachons-nous! crie .

VÉRA
FRED

 fonce sur le .

 se cache sous l'  de Noël.

 regarde le .

Le a un gros ventre.

Le  a-t-il mangé les  ?

DAPHNE
FRED
FRED
VÉRA

 trouve des  sous l’ de Noël.

Et ces  sont pleins de  !

Le n’a pas mangé les  .

Aucun  n’a mangé les  .

Les  étaient des  !

— Joyeux Noël à tous! s’écrie le .

Et que tout le monde savoure

les bons  !

As-tu bien regardé toutes les images du rébus de cette énigme de Scooby-Doo?

Chaque image figure sur une carte-éclair. Demande à un plus grand de découper les cartes-éclair pour toi. Essaie ensuite de lire les mots inscrits au verso des cartes. Les images te serviront d'indices.

Avec Scooby-Doo, la lecture, c'est amusant!

Sammy	Scooby
Fred	Véra
père Noël	Daphné

PÔLE
NORD

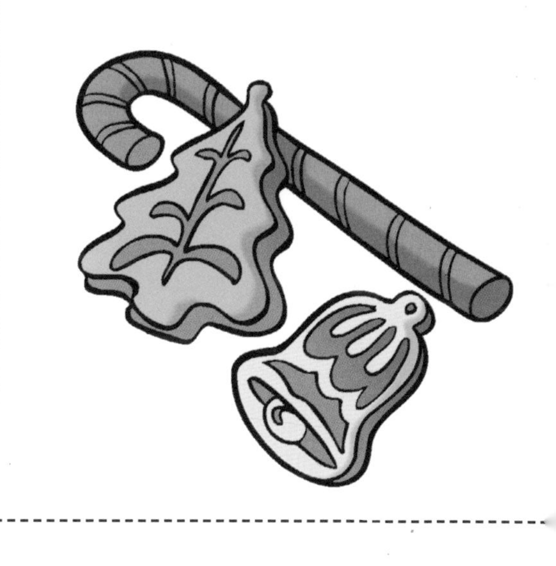

SCOOBY
SNAX

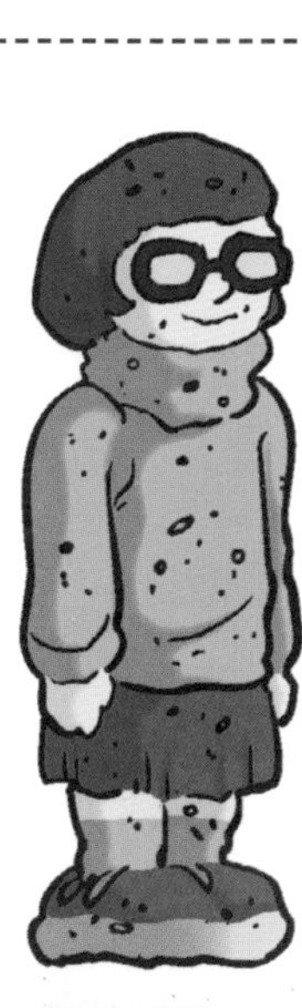

biscuits

pôle Nord

jujubes

Scooby Snax

fenêtre

Véra en pain d'épice

dinde

jouets

manteau

cannes en sucre

bottes

tuque

arbre

monstre
des neiges

camion

roue

cadeaux

cloches